松田惟怒 詩集

海の気 結篇

鉱脈社

目次

装幀　榊　あずさ

正誤表

頁	正（読みがな）	誤
61頁9行目	必死に櫓（ろ）を漕ぐ爺	必死に櫓（やぐら）を漕ぐ爺
85頁9行目	山桜の雪洞（ぼんぼり）にも	山桜の雪洞（せつどう）にも

詩集　海の気　結篇

一、波は懐かし子守唄

「しおに浴《ゆあみ》して」

海の好きな
男の子は
渚を打つ
波の音で目を覚《さ》ますと
食事もそこそこに
裸足のまんま
海へと向かった
松葉が

足裏《あうら》を刺す
林を抜けると
もうそこは海
幾重にも連なる
さざ波の白い波頭《なみがしら》に
目を輝かせ
渚へと駆けた
この世に
生まれ出るまで
長い時間を
独り占めにした
母の胎内《たいない》の
羊水《ようすい》と変わらぬ

潮の温《ぬく》もりに足首まで浸《つ》かり
広い渚で　ひとり
遥かな海原を
渡って来る海の気を
胸深く吸い込んだ
　生れてしおに浴《ゆあみ》して
浪を子守の歌と聞き
……
川向こうの小学校から
兄ちゃんたちの歌う
唱歌が聞こえて来た

ナッちゃんは帰って行った

お盆休みが終わると
白いワンピースに
白い帽子
白い靴の
ナッちゃんは
遠くの町に帰って行った
浜木綿《はまゆう》の花が揺れる

海の家
大波小波の
小さな浮き輪
ナッちゃんは
知らない町に帰って行った

上りホームの端っこから
カモメの舞う
夏の海に
さよならして
ナッちゃんは
海のない町に帰って行った

ナッちゃんを乗せた列車が
松林に消えると
海は寂しくなった
海は夏の海ではなくなった
ナッちゃんは
夏を連れて町に帰って行った

紙芝居屋のおじちゃん

カチ　カチ　カチ　カチ
紙芝居屋の拍子木《ひょうしぎ》が
町の通りに響き渡ると
てんでに小遣いを握り締め
子どもたちが
あっちの路地や
こっちの町角から
神社の境内に駆けて来る

「はいおじちゃん、五円」
子どもたちが石段に揃うと
自転車の荷台に載せた
舞台の扉が開く
最初の演目《えんもく》は「黄金バット」
「正義の味方黄金バット」と
紙芝居が始まりかけた時
「あっ只見《ただみ》じゃ」
石段の陰から覗いている子を
目敏《めざと》く見つけた子が叫んだ
たちまち
「只見じゃ　只見じゃ」
子どもたちが口ぐちに叫びだすと

「いいから　こっちへおいで
今度おじちゃんの代わりに
拍子木を叩いてくれるね」と
おじちゃんはその子を招き入れた

特攻上がりだとか
戦争の影を引きずった
紙芝居屋の姿も消え
いまは
人っ子一人いない境内に
土鳩《どばと》が一羽
クック　クククと
餌を啄《ついば》んでいる

とぼとぼ秋日和

「赤が速いようです」
「白が追い上げています」
「赤　速い」
「白　頑張れ」
徒競走《ときょうそう》のアナウンスに
「頑張れ　頑張れ　アーカ」
「負けるな　負けるな　シーロ」
子どもたちの応援席から

来賓席《らいひんせき》や敬老席から
運動場を二分する応援合戦
「一等、赤　二等、白　三等、白　四等……」
「ばんざーい　ばんざーい」
歓声と溜息が収まり
静まり返る場内
子どもたちの応援席からも
来賓席や敬老席からも
見向きもされないトラックを
テープのないゴールを目指してひとり走る子
「遅くても最後まで頑張る人が一等賞」
開会式での校長先生のことばを信じ
首を傾げながら

歯を食いしばって
駆け込んだゴールでは
「急いで　ほらテープを張って」と
腕時計を睨みながら
苦味走った目をした教師が
合図の白旗を揚げた

・・・・
どんびりの十字架を背に
その子は重い心を引きずりながら
晴れの舞台の埓外《らちがい》を歩いて行く
キラキラと万国旗のはためく
真っ青な秋空を見上げもせず
ひとりとぼとぼと歩いて行く

花を摘み摘み

学校の下に広がるレンゲ畑では
入学したての子どもたちが
先生と一緒にやって来て
花を摘み摘み歌います

ヒーライタ　ヒーライタ
ナーンノハーナガ　ヒーライタ
レンゲノハーナガ　ヒーライタ

ヒーライタート　オーモッタータ
イーツノマーニカ　ツーーボーンーダ

ツーボンダ　ツーボンダ
ナーンノハーナガ　ツーボンダ
レンゲノハーナガ　ツーボンダ
ツーボンダート　オーモッタータ
イーツノマーニカ　ヒーーラーイータ

繰り返し何度も歌いながら
レンゲの花で作ったティアラを
オカッパ頭にちょこんと載せ
首には長いレンゲのネックレス

先生の頭にもレンゲのヘアピンを挿すと
女の子たちが校歌を歌いだします

青い　青い　太平洋
そそりたつ　七つ八重　大島
いつもひとみに　明るい
希望の灯を　ともそう

習ったばかりの校歌を
声を張り上げ歌います
向かいの番屋の天辺に
届けとばかりに歌います

明るく進め　大堂津小学校

男の子も負けずに歌います

うまい　うまい

先生の肩に止まった
てんとう虫が
パタパタ羽を打ちました

寝タバコと寝ションベン

西風が
ヒューヒュー吹き晒《さら》す
脇の浜岐れの
火の神の前を
頬を真っ赤にした
学校帰りの
子どもたちが
歌いながら通る

タバコの投げすて
火事のもと
ネタバコ用心
火の用心
タバコすっても
火を出すな
タバコいっぽん
火事のもと

火の神も
真っ赤な頬を
ほんの少し緩めると

続けて歌った

寝前のションベン
忘れるな
忘れりゃ今夜も
寝ションベン

子どもたちが
「おやっ」と振り向くと
火の神は
カッと目を見開いた
いつもの形相《ぎょうそう》に戻り
西風は

ヒュー　ヒュルルルっと
砂塵《さじん》を巻き上げながら
浜を吹き抜けた

二、新米教師のころ

陽炎燃える

昼休みの中庭を
足早に
子どもたちの待つ
運動場へと向かう
新任教師
洗いざらしの
トレーニングパンツに半袖シャツ
赤いラインの入ったシューズ

すべてが初々しい
まっさらな新任教師
「先生　早く早く」と
手招きする子どもたちの声に
「おーい」と駆け出す教師

春の日の暖かい
芝生の絨毯《じゅうたん》で
手つなぎ鬼に興じる
新任教師と子どもたち

学期末には
幾人かの子どもに
成績不良の

烙印《らくいん》を押すことになる教師
子どもたちを愛してやまない教師に
まとわりつく避けがたい宿命

だが今は
知る由もない
教師と子どもたちが
手と手を取り合って
ゆらゆらと陽炎の燃える
新学期の運動場で
にこやかにロンドを舞う

「泣き虫先生」

「ああ　松田君　ちょっと」
昼休みの職員室で
新米教師の私は
T子先生から呼ばれ
「はい　T子先生」と
先生の前に立った
教頭先生や同僚の先生が
目を丸くして二人を見た

T子先生が
ふふふ　と笑った
あまりの懐かしい響きに
十数年前の思い出が蘇った

漁師町の小学校
四年一組の担任が
学校出たてのT子先生だった
色白でどこか気弱な新米先生を
がらっぱちの腕白どもは
授業中に騒いでは困らせた
「後は自分たちで自習をしときなさい」
涙声の先生が教室を出ていくと

決まって隣の男先生が
怒鳴り込んで来た
「こら　またT子先生を困らせちょる」
その度にS男やC男が廊下に立たされた
「泣き虫先生」がT子先生に付いた綽名《あだな》
「どうしたら真面目に勉強するんだろう」
放課後日直で残っていた私に
教卓で採点中の先生が声を掛けた

あの頃とそっくりの優しい声だが
今や押しも押されもしない
堂々たる中堅教師のT子先生だ

カタカタ悪夢

「これから合唱団員の選抜をする」
ピアノの上手な
女の子の伴奏で
選抜の授業は始まった
カタ　カタ　カタ　カタ
歌声に被《かぶ》さるように
教師の上履きの音が
広い講堂の中を巡回し

怒鳴り声が恐怖心をかきたてる
「もっと　大きな声で歌わんか」
カタ　カタ　カタ
上履きの音が止まった瞬間
端っこの列で
足払いを喰らった男の子が
横向きにドーッと倒れた
カタ　カタ　カタ
背後から迫る音に
恐怖で声も出せない私は
いきなり襟首をつかまれ
列から引きずり出された
カタ　カタ　カタ　カタ

その後も
何人もの脱落者が出て
合唱コンクール出場者の
選抜授業は終わった
地区の合唱コンクールが
いつだったか
結果がどうだったか
まったく記憶にないが
戦後ブームとなった
合唱コンクールのための
選抜授業が
悪夢として残る

昼休み

横殴りの雨が
破れ窓を叩く
古い木造の校舎

半下張りの渡り廊下で
梁《はり》にぶら下がり
ケンケンで逃げ惑い
泣きっ面の鬼を

やんやと囃《はや》したてる
裸足の子どもたち

中庭の池で
水上スケーターの
アメンボーに負けじと
平泳ぎの名手雨蛙が
池の縁から
威勢良く飛び込む

離れの宿直室
二〇Wの裸電球の下で
ヘボ将棋に夢中の

先輩の駒運びを
子どもの帳面片手に
新米教師が覗き込む

小学校は
只今
昼の休憩中です

「浜っ子賞」

「宿題の自由研究は出来たか」
長い夏休みが終わって
てんでに
日記帳や工作等を抱えて
やって来た子どもたちに
先生が尋ねた
「はい　出来ました」
元気よく返事する子どもたちの後ろで

「出来ませんでした」
丸めた『夏休みの友』一冊を手に
正太は恐る恐る言った
「正太さんは毎日浜で遊んでいました」
証人面《つら》した女の子が
正太を皆の前に押し出した
よれよれのシャツと半ズボンから
はみ出した日焼けした体を見て
先生が言った
「うん！　この真っ黒な体が自由研究だ」
きょとんとする子どもたちを前に
夏の名残《なごり》の沁み込んだ
正太を抱き抱えて

先生は続けた

「今年の『浜っ子賞』は正太に決まり！」

「わーい」と教室中が湧き立って

二年一組の二学期はスタートした

「大丈夫ですよ」

ナースコールで駆けつけた
夜更けのベッドに
腰掛けている患者
上体を支える両腕が
小刻みに震えている
ナースステーションで
確認した名前には
見覚えがあった

患者は小学校時代の恩師
「どうしましたか」
「すみません　漏らしてしもうて」
乾いた喉元《のどもと》から
絞りだすような声
病室の簡易トイレで用を足そうと
起き上がった拍子に
息んで漏らしてしまわれたとのこと
「人は誰だって失敗するんだよ
　大丈夫　大丈夫」
教室の花瓶の水をこぼした私を
励ましてくださった
優しくて頼もしかった先生が

いま
老いた痩身《からだ》を晒《さら》して
私に救いを求めておられる
「大丈夫ですよ」
カーテンを閉め回した
薄暗いベッド脇で
排尿の介助をし
身繕《みつくろ》いを手伝って
安堵感《あんどかん》の浮かぶ先生の寝顔に
「また何かあったら呼んでください」
と小声で語りかける
私は看護師

三、追想の漁師町

晩鐘《ばんしょう》

山の稜線《りょうせん》に
西日が沈み
赤々と
燃え上がる空に
夕凪《ゆうなぎ》の海が
茜《あかね》色に映える

互いに

求め合う
空と海を
隔ててきた
水平線では
潮の流れも止まり
釣り舟も
しばし動きを止めて
一幅の絵に収まる

ひがな一日
生と死の狭間《はざま》を彷徨《さまよ》う
木の葉のような
相棒の小舟で

波間に釣り糸を垂れた
年老いた漁師が
空と海との
至福の
ランデブーのあわいに
ああ　俺もこの夕凪のかなた
先祖の眠る
あの世に逝《い》きたい　と
骨ばった
両掌を合わせる

いざ還《かえ》りなん

遺影の男は
故郷の
海の見える
町境の川辺に
佇んでいる
夕日に照らされた
横顔には
うっすら

笑みが浮かんでいる

隣町の
漁師家生まれの男は
生前
この写真を見せて
女房や子どもたちに
「俺の遺影はこの一枚にする」
と　話したに違いない
中学卒業と同時に船に乗り
カツオ漁師一筋に生きた男の
遺影には
遥か黒潮の海原に

カツオの群れを追った
海の狩人の
名残が漂っている
大漁の帰り船で
酌み交わした
祝い酒の匂いがする

男は川面を渡る潮音に
ほろ酔い気分で
先祖の眠る
故郷の
海に還ったに違いない

「父の航海」

「県の作文コンクールに出す
代表を民主的に推薦で決めたい
誰か居ないか」
担任教師の提案に
クラス一の元気坊のNが
「松田君が良いです」と言うと
「賛成」と皆が声を揃え
「異議あり」と言い出せないまま

作文を書くはめになったのは
中学三年の二学期末のことだった
提出期限が一週間後と迫るなか
散々考えあぐねた末
その年の秋
台風で一時行方不明になった
父の乗るカツオ船の遭難のことを
書くことに決めた

昭和33年9月26日
中部日本を襲った狩野川台風は
全国の死亡・行方不明者1269名
という大惨事をひき起こした

その日　嵐の中を
沼津港に向かっていた船は
船員総掛かりの脱出劇の末
二日経って沼津港へと辿り着いた
九死に一生を得た父が帰宅したのは
それから三日後

学校から帰ると
父は風呂で汗を流していた
父の背中を流した私が目にしたのは
油と垢《あか》に塗《まみ》れた父の身体
漁師の父の大きさを知った
初めての経験だった

題名「父の航海」の作文は
国語担任教師の指導で
推敲《すいこう》を重ねた挙句
漸《ようや》く脱稿《だっこう》となった

民主的な推薦という
当時流行の手法で決まった
クラス代表の一作は
『昭和33年度・教育文化祭
作文コンクール入選作品集』
（宮崎県教職員組合編）として
今尚　我が家の書棚の隅に在る

熊 平 爺

「杓《ひしゃく》を貸せ　杓を貸せ」
海で命を落とした
男の亡霊が
舟べりを叩き懇願《こんがん》する
熊平爺が
底のない杓を渡すと
亡霊は
懸命に海水を掬《すく》って

爺の小舟に
汲み入れようとする
「一つ　二つ　三つ……十
十一　十二　十三……二十……」
舟べりに取り付き
舟を沈めようと
執拗に海水を汲む亡霊を
振り切ろうと
必死に櫓《やぐら》を漕ぐ爺
節くれだった手に
汗と波の飛沫が光り
ギーィ　ギーィ　と
櫓が撓《しな》る

油断すると
春先の海は
見る間に時化《しけ》て
死の海と化す
漁師たちは
鍛え上げた櫓捌《ろさば》きで
換櫓を漕いで
難を逃れた
その日の熊平爺が
そうだった

一番列車

運転手の
挙手礼を合図に
ホームを離れる列車
車内灯に
照らされ
窓越しに
手を振る父の姿が
暗闇に吸い込まれる

尾灯を
左右に揺らしながら
朝一番の
上り列車が
早暁《そうぎょう》の暗闇の中へと
消えると
「帰ろうか」と
母は私の手をとった

霜の降りた
線路の枕木が
改札口の灯りに

白く浮かび
遠くの渚では
漣《さざなみ》のリフレイン

ボーッと
汽笛を鳴らし
町外れの
鉄橋を渡る
列車の
明かりが
チカチカと
空に昇って行った

初商《あきな》い

正月明けの一番列車
車内は乗客でごった返している
商売道具のブリキ缶と天秤棒《てんびんぼう》を
座席の前に降ろすやいなや
行商のおばちゃんたちの
賑やかな会話が始まる
相も変わらぬ世間話だが
間合いも合いの手も絶妙の長話が

ようやく一区切りつく頃には
潮の香の漂う海辺の駅から
列車は二駅も三駅も走った
昔ながらの風情の残る
城下町の駅へと到着する
　ほんなら　また帰りに――
あいよ
　あんたも頑張んないよ――
天秤棒の前後に下げた
ブリキ缶の鮮魚に負けず劣らずの
びっちびちのおばちゃん言葉が
松の内の城下町へと繰り出す

四、花祭り

花祭り

満開の桜の下
花御堂《はなみどう》に安置された
小さな誕生仏に
幼稚園の園児たちが
代わる代わる
甘茶を灌《そそ》ぐ
数え切れない花弁が
風に舞い

花御堂の屋根や
園児たちの上に降りかかる
お寺の麓に広がる
一面の蓮華《れんげ》畑の道を
檀家衆《だんかしゅう》がやって来る

モーンメ　モンメ
ハナイチモンメ
……

園児たちの歌う童歌が
境内に溢れ出す
ああ

故郷は
いま
匂い立つ春

ぐみはらわけて

入江の奥
港に臨む小さな公園では
昼寝から覚《めざ》めた
保育園の子どもたちが
影踏み遊びをしている
ときおり
大木の葉を揺らして
潮風が吹きぬける

道路を隔てた
広い空き地には
土砂や瓦礫《がれき》が
うずたかく積もり
すずめの囀《さえず》るぐみ原で
うた寝の廃船が
初出航の
汽笛に目を覚ます
浜の共同墓地から来た男たちは
「よいしょ　よいしょ」と碇を上げ
「面舵《おもかじ》いっぱい」と操舵機を握り
「エンジン始動」とスイッチを入れる
何《いず》れもが生前はバリバリの漁師だが

もはや
廃船に出漁は叶わない

かえろかえろよ　ぐみはらわけて
すずめさよなら　さよなら　あした
海よさよなら　さよなら　あした

歌を歌いながら
夕日の中を
園児たちが帰って行くと
男たちも名残惜しそうに
共同墓地へと還って行く
また一笛

汽笛が入江に尾を引いた

おかりゃんか

母が小学校裏の
おかりゃんかから
バケツに汲んで
運んで来た水が
我が家の
薄暗い土間の
水瓶《みずがめ》にいつも入っていた
「ただいま」と

学校から帰るなり
柄杓《ひしゃく》一杯の水を飲むのが
習慣だった

水道も
冷蔵庫もない
我が家にあった
冷やっこくて上手い水
母が
朝餉《あさげ》の米を磨《と》ぎ
夕餉《ゆうげ》の煮物を拵《こしら》える水
それが
おかりゃんかから

バケツに汲んで
運んで来た水
町中の母ちゃんが
こぞって
汲みに行った
おかりゃんかの水

そういえば
同級生の
としえさんの家は
おかりゃんかの近所だったな

ここが私の故郷漁師町

南の端には
遠くの町の品物や情報を満載した
上りの列車が
ボーッと汽笛を鳴らして
渡って来る
町境の鉄橋があり

北の外れには

地獲れ魚を商うおばちゃんを乗せた
朝一番の下りの列車が
ボーッと汽笛を鳴らして
潜って行く
町境のトンネルがある

西の
川向こうに広がる干潟《ひがた》では
餌を漁《あさ》る潮招《しおまね》きや飛び鯊《はぜ》が
「おいで　おいで」と
浜のやんちゃ坊主たちを招き

東の

波静かな沖合には
妙にバランス良く鎮座する
小島や大島の島島があり
水平線にたなびく雲間から
朝日がひょっこり顔を覗かせる

ほしかの香りを乗せた
潮風と
根っから善良な人たちが
仲睦まじく暮らす漁師町
ここが
私の故郷

フルートキャスト岬の春

脇の浜と山王の境にあって
番屋の麓から
日向灘に突き出た
周囲一キロの小さな岬
子どもの頃
磯辺でミナを取り
山でグミの実をちぎった
猪崎鼻が

日本列島の誕生期に
深海に堆積《たいせき》した地層が
隆起して出来た岬で
日本列島の誕生にかかわる
重要な場所だとして
国の天然記念物に指定された
あの磯辺のでっかい岩が
土砂が海底に流れてできた
フルートキャストだと
国の天然記念物の岬は
金ぴかの勲章でも
掛けられたみたいに
澄ましており

向かいの瀬戸では
磯辺のでっかい
フルートキャストに見守られ
地元高校の
新入部員を乗せた艇が
春濤《しゅんとう》の海原を
縦横に
駆け巡る

山桜の雪洞《せつどう》にも
明かりが灯り
故郷の岬は
春　まっただ中

もどり鰹の秋

学校帰りの里道に
渋柿一本ありました
渋柿　渋柿
甘くなれ
真っ赤に熟して
甘くなれ
ならなきゃ
ドンと蹴倒すぞ

ドン　ドン　ドンッと
蹴倒すぞ

里に秋の日深まって
枝いっぱいの渋柿が
真っ赤に光っておりました
ひい　ふう　みい　よう
いつ　むう　なな
まだまだあるぞ
鈴生《すずな》りだ
明日はどれから
喰おうかな

夕日に染まる熟柿《かき》を見て
おっほほ　ほほっと帰ったら
家じゃ父ちゃん髭面《ひげづら》で
　戻り鰹の　大判じゃ
　こいつは刺身が一番だ
鰹を捌いておりました
　おかえり　おかえり
　ご機嫌ね
久々に父ちゃんの顔を見て
うんとめかした母ちゃんの
やたら笑顔の母ちゃんの
それは弾んだ声でした

虹の橋

町の東に広がる日向灘
広い砂浜と
みどりの松林
水平線には
島々が
錦絵となって浮かぶ
ここはさながら
唱歌「海」の舞台

自慢の海沿いを
JR日南線は
光と風を纏《まと》って走る

町の西を流れる
細田川の向かいには
塩田跡の干潟
初夏には
堤防沿いの田圃に
黄金の稲穂が揺れる
裏山はそのむかし
外敵の侵入に
目を光らせた

古い砦跡《とりでのあと》が残る
南郷城址公園

雨上がりの空に虹が架かる

東の日向灘と
西の城山に跨る
巨大なアーチ
虹のど真ん中を
窓ガラスを煌めかせた
観光列車「海幸山幸」が
町境の鉄橋を渡って来る
町に希望を運んで来る

［初出一覧］

一、波は懐かし子守唄　（未発表）
「しおに浴《ゆあみ》して」　（未発表）
ナッちゃんは帰って行った　（未発表）
紙芝居屋のおじちゃん　（未発表）
とぼとぼ秋日和　（「埋火」No.103　原題　秋日和）
花を摘み摘み　（未発表）
寝タバコと寝ションベン　（未発表）

二、新米教師のころ
陽炎燃える　（「埋火」No.103　原題　陽炎）
「泣き虫先生」　（未発表）
カタカタ悪夢　（未発表）
昼　休　み　（「埋火」No.102）
「浜っ子賞」　（「埋火」No.102　原題　夏の名残）
「大丈夫ですよ」　（第23回みやざき文学賞　佳作　原題　大丈夫）

三、追想の漁師町

晩鐘《ばんしょう》　（未発表）
いざ還《かえ》りなん　（未発表）
「父の航海」　（未発表）
熊平爺　（未発表）
一番列車　（未発表）
初商《あきな》い　（宮崎日日新聞　新春文芸　佳作　原題　初商）

四、花祭り

花祭り　（未発表）
ぐみはらわけて　（未発表）
おかりゃんか　（未発表）
ここが私の故郷漁師町　（未発表）
フルートキャスト岬の春　（未発表）
もどり鰹の秋　（未発表）
虹の橋　（未発表）

あとがき

二〇一七年春に第一詩集『海の気』を出して以来、二〇二〇年には続編を、そして今年完結編としての第三詩集を上梓する運びとなった。

生来の怠け者たる私を知る仲間たちには、「よくもまあ短い間にこんなに書いたもんだ。よっぽどお前ヒマやっちゃろ」と冷かされ、辛口の批評家には「愚にもつかない駄作を並べやがって」と酷評されそうだが、兎にも角にもようやっと書き終えた「ふるさと語り」である。「漁師町の海の匂いのべっとり染み付いた詩」、それが詩集『海の気』三巻に収めた私の詩「ふるさと語り」である。

人は誰しも心の奥底に己が故郷を大切に仕舞い込んで生きている。詩集『海の気』は、故郷大堂津の広い砂山に埋もれた思い出を、小学校のお別れ遠足でやった「宝探し」の宝でも探し出すように、わくわくした気持ちで掘り起こしては、一言一言紡ぎ上げたものである。

絵のように美しい海辺の町は、美しい歌声が聞こえる歌の町でもある。松林を吹き抜ける風、渚を打つ小波、出船の汽笛、カモメの鳴き声、漁師の歌う男歌、そして勿論子どもたちの童謡や唱歌。私は潮風に乗って聞こえてくるこうした歌を聞きながら詩を書いてきた。

奇しくもこの春、故郷のかつお一本釣り漁が念願の「日本農業遺産」の認定を手にした。故郷の海がかつての豊漁の海として甦る日を夢見て、懸命に漁を続けてきた漁業者の皆さんに心からお祝いを申し上げたい。そしてささやかながらこの一冊が、皆さんへの応援歌となれば望外の喜びである。

最後に、詩集『海の気』三巻の上梓にあたり、お力添え頂いた鉱脈社社長川口敦己様ならびに懇切丁寧にご指導頂いた同社顧問杉谷昭人様に、厚くお礼申し上げます。

二〇二一年四月

松田　惟怒

松田惟怒（まつだ　これのり）

1943（昭18）年　宮崎県日南市大堂津 生

所属　「埋火」

著書：『詩集 海の気』（2017年　鉱脈社）
『詩集 続・海の気』（2020年　鉱脈社）

現在所
〒889-3204　日南市南郷町中村乙 3778-2

詩集 海の気 結篇

二〇二一年四月二十四日　初版印刷
二〇二一年四月 三 十 日　初版発行

著　者　松 田 惟 怒 ©

発行者　川 口 敦 己

発行所　鉱 脈 社
〒八八〇－八五五一
宮崎市田代町二六三番地
電話 〇九八五－二五－一七五八

印刷 製本　有限会社 鉱 脈 社